Pregúntame

Bernard Waber

Ilustrado por Suzy Lee

OCEANO Travesía

Pregúntame qué me gusta.

¿Qué te gusta?

Me gustan los perros.
Me gustan los gatos.
Me gustan las tortugas.

Me gustan los patos.

¿Los patos en el cielo? ¿O los patos en el agua?

Me gustan los patos en el cielo.
No, en el agua. Me gustan los dos.

Pregúntame qué más me gusta.

¿Qué más te gusta?

Me gustan las ranas.
Me gustan las ranas nadando.
Y las ranas saltando.

Me gustan los bichos.

¿Los insectos?

No, los bichos.

Me gustan las mariposas.
Y los bichos luminosos.

¿Las luciérnagas?

No, los bichos luminosos.

Y me gustan los escarabajos, y las abejas, y las libélulas.
Y me gustan las flores.
No, me encantan las flores. A las abejas también
les encantan las flores, ¿verdad?

Sí.

Y las abejas hacen la miel, ¿cierto?

Cierto.

Pregúntame qué más me gusta.

¿Qué más te gusta?

Me gustan los caballos. No, me gusta montar
a caballo.

¿Montaste a caballo?

En el carrusel. ¿Lo recuerdas?
Sí lo recuerdas.

Lo recuerdo.

Pregúntame si me gustan los helados.

¿Te gustan los helados?

No. Me súper dúper encantan los helados.

¿Qué más me gusta?

¿Qué más te gusta?

Me gusta la arena. Me gusta escarbar en la arena.
Me gusta mucho, muchísimo, escarbar en la arena.
Muy, pero muy profundo en la arena.

Y me gustan las conchas marinas.
¿Recuerdas cuando recolectamos conchas?

Lo recuerdo.

Y me gustan las estrellas de mar.

Pregúntame qué más me gusta.

¿Qué más te gusta?

Me gusta el color rojo. Me gusta todo lo rojo.

Pregúntame qué más.

¿Qué más?

Me gusta la lluvia. Me gusta chacualear
y chacotear y chapotear en el agua.

Chacualear, chacotear y *chapotear.*
Me gustan esas palabras.

Son palabras de lluvia. Yo las inventé.

Lo sé.

Pregúntame qué más me gusta.

¿Qué más te gusta?

Me gustan las historias.
Me gustan las historias sobre osos.

Ahora pregúntame *"¿por qué…?"*

Está bien. *¿Por qué…?*

¿Por qué hacen nidos los pájaros?

Está bien. ¿Por qué hacen nidos los pájaros?

Tú dime.

Para tener un lugar seguro donde poner sus huevos.

Ya lo sabía.

¿Por qué me preguntaste?

Porque me gusta escucharte decirlo.

Pregúntame qué otra cosa me gusta.

¿Qué otra cosa te gusta?

Estoy pensando.

Estoy esperando.

¡Ya sé!

¿Qué?

El próximo jueves.

¿Qué pasa el próximo jueves?

Me gusta el próximo jueves.
¿Sabes por qué me gusta el próximo jueves?

¿Por qué te gusta el próximo jueves?

Porque el próximo jueves es, ¿qué?

¿Qué es?

Mi cumpleaños. Ya lo sabías.

¿Cómo podría olvidarlo?

No lo harías.

¿No haría qué cosa?

Olvidar mi cumpleaños.

No olvidaría tu cumpleaños ni en un millón de años.

¿Qué tal en un billón de años?

Ni en un billón de años.

Mejor.

¿Y no olvidarás que me gustan los globos,
las serpentinas, los juegos y un pastel
enorme que diga "¡Feliz cumpleaños!"?

No lo olvidaré.

Ahora pregúntame si tengo sueño.

¿Tienes sueño?

No, no tengo sueño. Bueno, un poco de sueño.
No, tengo mucho sueño.

¿Y si nos decimos "buenas noches"?

¿Dónde está mi osito?

Aquí está tu osito.

¿Y mi canguro?

Aquí está tu canguro.

Buenas noches.

Buenas noches.
Por favor, deja la puerta abierta.

La puerta está abierta.

Buenas noches.

Espera. Pregúntame algo más.

¿Qué cosa?

Pregúntame si quiero otro beso de buenas noches.

¿Quieres otro beso de buenas noches?

Sí, quiero otro beso de buenas noches.

Buenas noches.

Buenas noches.

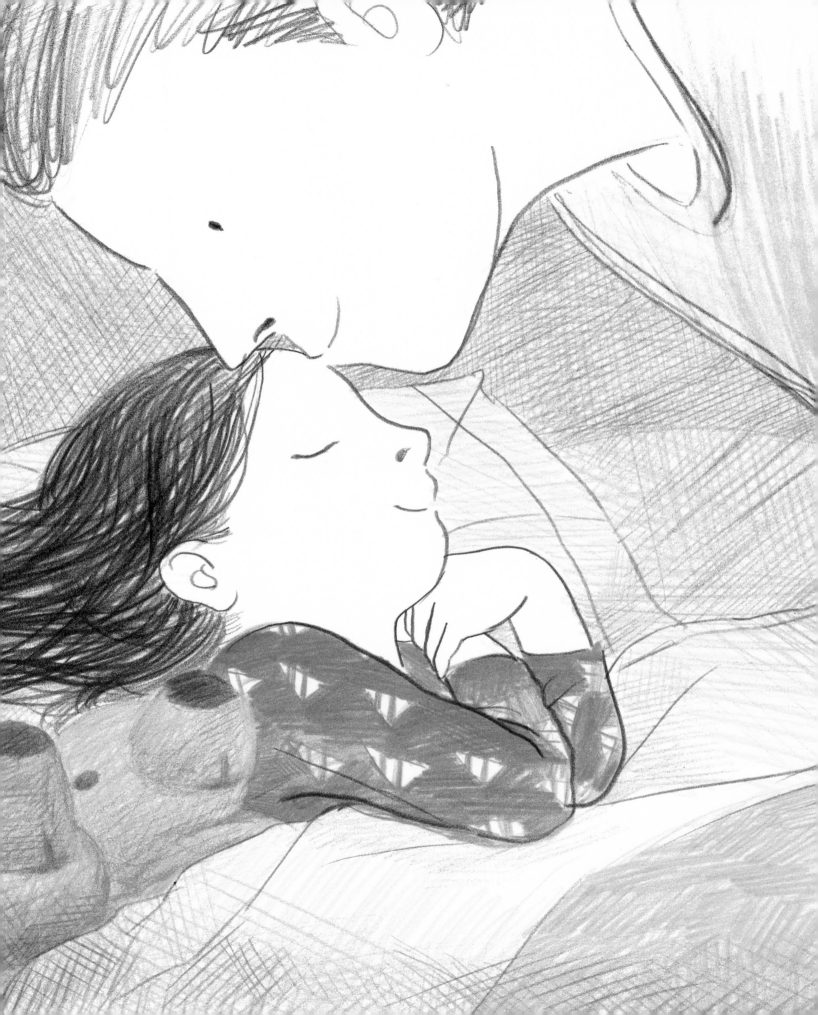